आम तेरे कितने नाम

रचनाकार

नरेंद्र सिंह 'नीहार'

स्वान बुक्स

नई दिल्ली-110002

ISBN :978-93-7049-275-2

मूल्य : 250.00
प्रथम संस्करण : 2025
प्रकाशक : स्वान बुक्स
4760-61, द्वितीय तल
23 अंसारी रोड, दरियागंज,
नई दिल्ली-110002
शब्द संयोजन : तुषार कंप्यूटर्स, फरीदाबाद-121004
मुद्रक : मणिपाल टेक्नोलॉजीज़ लिमिटेड, मणिपाल

AAM TERE KITNE NAM by Narendra Singh Nihar

शुभकामनाएं

प्रिय नरेंद्र सिंह नीहार

नमस्कार !

यह जानकर अच्छा लगा कि आपकी बाल कविताओं की किताब "आम तेरे कितने नाम"

प्रकाशित होने की उड़ान पर है और शीघ्र ही मंजिल भी पा लेगी ।आप एक कुशल संचालक,प्रखर वक्ता और ऊर्जावान साहित्यकार हैं ।वर्तमान में आप बहुत अच्छा बाल साहित्य भी लिख रहे हैं ।आपकी कई रचनाएं पाठ्य पुस्तकों में शामिल हैं और देश की विभिन्न पत्रिकाओं में आपकी रचनाएं प्रकाशित होती हैं ।

प्रकाश्य संग्रह में आपकी प्रायः सभी कविताएं बालमन के आसपास हैं। मैं अपनी ओर से इस सारस्वत अनुष्ठान के लिए शुभकामनाएं देता हूं।

आपका अग्रज

प्रभु दयाल श्रीवास्तव

वरिष्ठ साहित्यकार, मध्य प्रदेश

** जितना मैंने जाना

**बाल साहित्य की शुचिता, साधुता एवं संवेदनाओं से भरे रचनाकार हैं- नरेंद्र सिंह 'नीहार'

बाल साहित्य का मूल उद्देश्य केवल मनोरंजन नहीं, अपितु बच्चों के मनोभावों को समझकर उन्हें पोषित करना और सही दिशा में ले जाना होता है। इसी उद्देश्य को केंद्र में रखकर बाल साहित्य की शुचिता, साधुता एवं संवेदनाओं से भरे रचनाकार नरेंद्र सिंह 'नीहार' अपनी नवीन कृति 'आम तेरे कितने नाम' के माध्यम से एक बार फिर बाल-जगत को समृद्ध करने के लिए उपस्थित हुए हैं। यह काव्य-संग्रह आधुनिक युग के बच्चों की जिज्ञासा, कल्पनाशीलता और जीवन शैली को गहराई से समझते हुए एक ऐसा सेतु निर्मित करता है, जो परंपरा और आधुनिकता को आपस में जोड़ता है।

नीहार जी की यह पुस्तक बच्चों की उम्र, रुचि और मानसिक स्तर को ध्यान में रखते हुए रची गई है। संग्रह में संकलित 55 बाल कविताएँ जहाँ एक ओर बालसुलभ नटखटता, कल्पना और मासूमियत से भरपूर हैं, वहीं दूसरी ओर उनमें देशभक्ति, नैतिक शिक्षा, पर्यावरण चेतना, पारिवारिक संस्कार और जीवन मूल्यों का भी सुंदर समावेश हुआ है।

गणेश वंदना से आरंभ होकर 'हाथों में तिरंगा', 'नानाजी', 'अमर कहानी', 'आज़ादी का पर्व' जैसी रचनाएँ बच्चों में राष्ट्रीय भावना का बीजारोपण करती हैं। 'मोबाइल बोल रहा हूँ' जैसी कविताएँ बच्चों से डिजिटल लत और स्क्रीन समय घटाने जैसे ज्वलंत विषय पर सहजता के साथ सार्थक संवाद करती है, तो 'गिलहरी', 'तोता', 'चिड़िया', 'बंदर', 'नीम', 'गेंदा फूल' जैसी कविताएँ उन्हें प्रकृति की ममतामयी अनुभूति कराती हैं।

यह संग्रह केवल बच्चों का मनोरंजन ही नहीं करता, बल्कि उन्हें सोचने, समझने और जीवन से जुड़ने की प्रेरणा भी देता है। 'ज़िंदगी एक दीया', 'सही समय', 'माँ का आँचल', 'बचपन को मनभर जीने दो', 'नदी', 'साइकिल' जैसी रचनाएँ बच्चों के साथ भावात्मक संवाद करके उनके व्यक्तित्व को मानवता की कसौटी पर गढ़ती हैं।

नीहार जी की भाषा सरल, सरस और लयात्मक है, जो बच्चों के कंठ में स्वतः बस जाती है। उनकी कविताएँ बच्चों को दुलारते हुए उनसे संवाद करती हैं। यही कारण है कि उनकी रचनाएँ केवल पाठ न बनकर बच्चों के जीवन का हिस्सा बन जाती हैं। वे अपने अनुभवों एवं संवेदनाओं को बालमन के अनुरूप इस सहजता से प्रस्तुत करते हैं कि पाठक चाहे बच्चा हो या बड़ा उनकी कविताओं से सीधे जुड़ जाता है।

प्रशंसनीय बात यह है कि इस संकलन की कविताओं का परीक्षण बच्चों को सुनाकर किया गया है, जिससे यह प्रमाणित होता है कि यह पुस्तक बाल पाठकों की रुचियों के अनुरूप गढ़ी गई है। 'आम तेरे कितने नाम' केवल एक कविता-संग्रह नहीं, बल्कि बच्चों की दुनिया में प्रवेश कर उनके अंतर्मन को समझने और सहेजने तथा अपनी जड़ों से जोड़े रखने का एक युगानुकूल एवं संवेदनशील प्रयास है। विश्वास है कि यह बालकृति नीहार जी की अन्य कृतियों के समान न केवल बच्चों को पसंद आएगी, बल्कि शिक्षकों, अभिभावकों और बाल साहित्य के अध्येताओं के लिए भी उपयोगी सिद्ध होगी।

सादर

डॉ. विनोद 'प्रसून'

(शिक्षक, संसाधक एवं साहित्यकार) ग्रेटर नोएडा (उ.प्र.)

विनम्र निवेदन

नन्हे-मुन्ने दोस्तों ! प्यार भरा नमस्कार। आपके लिए एक और कविता संग्रह लेकर आ रहे हैं। नाम रखा है -"आम तेरे कितने नाम"। आज के दौर में मोबाइल आपका प्रिय खिलौना जो ठहरा। अब तक आप मेरे तीन बाल कविता संग्रह देख और पढ़ चुके हैं - हसने दो मुस्काने दो,मत मुझको दुत्कार और सूरज दादा कूल बनो। निश्चित रूप से इन संग्रहों की कविताएं आपने पसंद की हैं और उनको सराहा भी है। तभी मैं एक नया संग्रह आपको सौंपने के लिए तत्पर हुआ हूं। इसमें 55 बाल कविताओं को शामिल किया गया है। यह कार्य भाषा प्रेमी शिक्षक शशि प्रकाश के द्वारा किया गया है। उन्होंने घर और विद्यालय में कविताएं बच्चों को सुनाकर सफल परीक्षण किया और फिर उन कविताओं का चयन इस संकलन के लिए मनपूर्वक किया है।

प्रायः समस्त कविताएं उम्र की आवश्यकताओं,बाल मनोविज्ञान

और बाल सुलभ चेष्टाओं पर आधारित हैं। प्रथम कविता में गणेश वन्दना की गई है । देश भक्ति पर आधारित कविताएं - हाथों में तिरंगा, नाना जी, आजादी के नारों में, अमर कहानी, आजादी का पर्व, मेरी माटी मेरा देश में देशप्रेम की भावना मुखरित हुई है। आपको अच्छे लगने वाले कबूतर, मुर्गा - मुर्गी, गिलहरी, तोता, चिड़िया, बन्दर, बादल, नदी, धूप के अनेक रूप हैं। फल-फूल हैं तो बगीचे भी हैं। दरवाज़े से अठखेलियां करती हवाएं हैं तो आपकी प्यारी साइकिल भी है। गूगल बाबा के साथ ए आई पर भी कविता है। नीम और आम के नीचे बच्चों की चौपाल सजी है। चिंटू बन्दर ऊंट भाई को दावत दे रहे हैं तो राजू भाई हमें पुस्तक मेला घूमाने ले जा रहे हैं। आपके लिए खास मनोरंजन के साथ जीवन के छोटे-छोटे सूत्र भी हैं, जो आपको गाते-गुनगुनाते समझ आ जायेंगे ।

परियोजना को आकार देने की जिम्मेदारी हमारे सुहृदय प्रकाशक श्री पंकज कुमार गुप्ता ने उठाने का वचन दिया है। हिन्दी की गूंज परिवार के समस्त सम्माननीय सदस्यों का मनपूर्वक आभार। विशेष रूप से ममता श्रीवास्तव जी का, जिन्होंने प्रथम पाठक के रूप में इन कविताओं को जांचा - परखा। बाल साहित्य के सूर्य आदरणीय सूर्य कुमार पाण्डेय जी और वरिष्ठ बाल साहित्यकार आदरणीय प्रभुदयाल श्रीवास्तव जी के प्रति शुभकामनाएं प्रेषित करने के लिए कृतज्ञता ज्ञापित करता हूं। डॉ. विनोद चौहान प्रसून जी का ज़िक्र किये बिना यह अनुष्ठान अधूरा ही

रहेगा। आपने संग्रह की कविताओं पर सारगर्भित एवं अर्थपूर्ण आलेख लिखकर जो उपकार मेरे ऊपर किया है। वह अतुलनीय है। बारम्बार साधुवाद ! अपने माता-पिता को नमन और परिवारी जनों को आभार अर्पण करते हुए यह काव्य-गुच्छ आपको सौंपता हूं। आपकी टिप्पणी, सुझावों और मार्गदर्शन का स्वागत है।

आपका - अपना
नरेन्द्र सिंह "नीहार"
शिक्षाविद एवं साहित्यकार
संयोजक - हिन्दी की गूंज परिवार
नई दिल्ली

अनुक्रमणिका

Z
Z
11
12
2
10
3
9
4
8
7
6
5

1

जय जय श्री गणेश

प्रथम पूजित देवता,
ऋद्धि-सिद्धि गणेश।
गौरी-शंकर मात-पिता,
कृपा करें विशेष।
ज्ञान, ध्यान और मान का,
दो हमको वरदान।
सभी मनोरथ पूर्ण हों,
सबका हो कल्याण।
सदा विराजो दाहिने,
देकर बुद्धि विवेक।
सदाचारी - सद् व्यवहारी,
बन जायें हम नेक।
दुःख, दारिद्रय, दीनता,
भागें सभी क्लेश।
मोदकप्रिय, गजवदन,
जय जय श्री गणेश।

2

हाथों में तिरंगा है।

होठों पर जन गण मन, हाथों में तिरंगा है।
इस प्यार भरे दिल में, सद्भाव की गंगा है।
यह देश जवानों की,
आँखों का तारा है।
मजदूर किसानों को,
यह जान से प्यारा है।
बातों में किस्सों में, मस्त मलंगा है ।
होठों पर जन गण मन, हाथों में तिरंगा है।
सूरज की किरणों का,
उपहार मिला हमको।
निर्झर नदिया पोखर का,
आधार मिला हमको ।
सांसों में बसी सरगम, मन एक परिंदा है।
होठों पर जन गण मन, हाथों में तिरंगा है।
भारत की माटी को,
हम चन्दन कर देंगे।

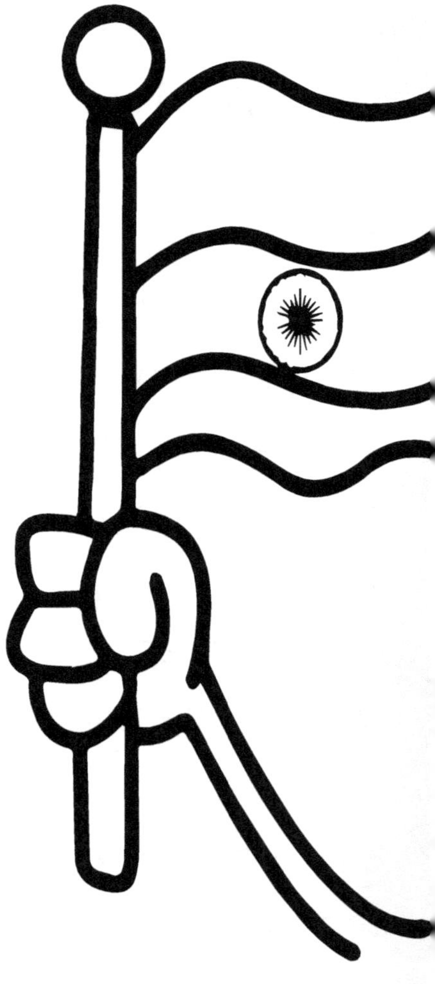

फूलों की खुवबू से,
रंगों से भर देंगे।
इस प्यार भरे दिल में, सद्भाव की गंगा है।
होठों पर जन गण मन, हाथों में तिरंगा है।।

3

सही समय

यही समय है-सही समय है,
जिसने इसको जाना।
मंजिल दूर नहीं है मुझसे,
मन में अपने ठाना।
चाह रखी तो राह बनी ,
आगे कदम बढ़ाए।
बाधाओं को पीछे छोड़ा,
अवसर स्वयं बनाये।
सच्ची लगन लगाई मन में
पूरे सब अरमान हुए।
श्रम-परिश्रम के बलबूते,
काम सभी आसान हुए।
किन्तु-परन्तु , अथवा लेकिन,
छट जायेंगे बादल काले।
भोर सवेरे उठकर देखो,
बुला रहे हमें उजाले ।।

4

गाँव हमारा

नगरों की जद से दूर - सुदूर,
अभी हैं गाँव हमारा।
पगडंडी पर चले बटोही,
निर्मल जल की धारा।
हरे - भरे तालाब यहाँ हैं,
मुस्काती सी फसलें।
साफ - शुध्द हवा के झोके,
सीधी-सादी नस्लें।
जुम्मन चाचा अभी सिले हैं,
राम रतन की टोपी।
सुखिया चाची गूंथ रही है,
सलमा बी की चोटी।
साझे सब त्योहार अभी तक,
खुशियों से भर देते।
शादी, हारी और बीमारी,
नेग शगुन सब देते।

एक हांक पर जुट जाता,
पूरा गाँव हमारा।
हमको कोई बाँट न पाये,
बहे प्रेम की धारा।।

5

बाबू जी

मेरी हर सफलता के पीछे,
खड़े तुम थे बाबू जी।
मेरे सपनों के सहारे,
बढ़े तुम थे बाबू जी।
मेरी जिद्द बनकर,
अड़े तुम थे बाबू जी।
मेरे लिए जमाने भर से,
लड़े तुम थे बाबू जी।
मेरी ताकत मेरी हिम्मत,
मेरा सम्मान बाबू जी।
खाली बटुआ भरने वाले,
धनकुबेर धनवान बाबू जी।
चुपके-चुपके माँ से जाने,
सारा हाल थे बाबू जी।
होली दीवाली दशहरा,
सचमुच मालामाल थे बाबू जी।

गलती पर डाँटा - फटकारा,
करतब खूब कमाल थे बाबू जी।
पास बिठा फिर समझा देते,
जीवन की सुर ताल थे बाबू जी।
उनके जैसा बनना मुश्किल,
घर की ढाल संभाल थे बाबू जी।
सबके सुख में खुश हो जाते,
मानो नया साल थे बाबू जी !

6

नाना जी

फूलों वाला कलियों वाला,
और मटर की फलियों वाला।
मीठे गन्ने, लाल चुकन्दर ,
बाग बगीचे जिसके अन्दर।
देश हमें दे जाना जी ,
ओ ! भारत के नाना जी।
पर्वत घाटी मैदानों में,
खेत, खलिहान, खदानों में।
झरते झरने बहती नदियां,
हर्षित पुलकित गांव औ गलियां।
सबका ठौर ठिकाना जी।
ओ ! भारत के नाना जी।
हम सबके हैं सभी हमारे,
नील गगन के चांद सितारे।
प्यार भरी बातों की सरगम,

खुशियां पाकर चहके हरदम।
हर कोई रहे दीवाना जी,
ओ ! भारत के नाना जी।
स्वच्छ हवा और शुद्ध पानी,
हरियाली संग फसलें धानी।
चांद के भीतर चरखा-दादी,
बर्फ घिरी हर चोटी-वादी ।
देना सभी खजाना जी,
ओ ! भारत के नाना जी।।

7

दोस्त मेरे बन पाओगे ?

केवल अपनी कथा सुनाकर,
खिसकोगे या छुप जाओगे।
मेरे मन की बात सुनोगे,
अपनापन भी दिखलाओगे ?
दोस्त तभी तुम बन पाओगे।।
पथरीले - कंकरीले पथ पर,
संग-संग मेरे साथ चलोगे।
जब-जब कठिन परीक्षा होगी,
छाता बनकर तन जाओगे।
दोस्त तभी तुम बन पाओगे।।
सुख-दुख तो आते-जाते,
मौसम रंग बदलते हैं।
जो सच्चे शुभचिंतक होते,
मन्द पवन से बहते हैं।
ऐसा कुछ कर पाओगे,
दोस्त तभी तुम बन पाओगे।

स्वार्थ सिध्दि से ऊपर उठकर,
एक-दूजे के लिए जियेंगे।
जिस पथ पर तुम बढ़े चलोगे,
वहाँ मेरे सुर- ताल सजेंगे।
मेरी कमियां मुझको गिनवाओगे?
दोस्त तभी तुम बन पाओगे।।

८

तीन कबूतर

एक सुबह मैं घूम रहा था,
अपने घर की छत पर।
उड़ते - उड़ते नीचे उतरे,
साथी तीन कबूतर।
पहला बोला हमें पढ़ाओ,
ए-बी-सी-डी सर जी।
सहमा- सहमा दूजा बोला,
'मैं जाता हूं घर जी !'
लोटपोट मैं हुआ तीसरे,
का यह कहना सुनकर।
मिड-डे मील खिलाना होगा,
मैं खाऊंगा छ्क कर।
पास बिठाकर उन तीनों को,
बात एक समझाई।
हर दिन दूंगा दाना-पानी,
पहले करो पढ़ाई।।

9

टोपी

सनन सनन चले पवन,
सुबह-शाम ठिठुराती।
मफलर टोपी पहन के रखो,
कानों में कह जाती।
सूती टोपी ऊनी टोपी,
टोपी मखमल वाली।
गाँधी टोपी अन्ना टोपी,
टोपी बन्दर वाली।
सीधी टोपी तिरछी टोपी,
टोपी शिमला वाली।
राजू राधा पहने टोपी,
सबकी छटा निराली ।
दमदम दादा जी से बोला -
एक टोपी दिलवा दो।
रंग-बिरंगी कलगी वाली,
सबसे अलग सिला दो।

टोपी पहन चलूँगा जब मैं,
ठंडक पास न आये।
शीत लहर के कोप-कहर से,
टोपी मुझे बचाये।

10

नैना की नानी

नैना की प्यारी नानी,
नानी की प्यारी नैना।
उड़न खटोले पर दोनों,
इस रिश्ते का क्या कहना।
डाल-डाल घूमें नानी,
पत्ते - पत्ते पर नैना।
कदम-कदम पर खींचातानी,
बाकी सब बचकर रहना।
मटक - मटक नाचे नैना,
नानी पीट रही ताली।
हँसी-खुशी से खेल रही,
सुबह - सांझ सी मतवाली।
मानो नानी का बचपन,
अब नैना बनकर आया।
घर में गूँज उठी खुशियाँ,
फिर से आंगन हरषाया।।

11

गिलहरी

घर के आसपास मंडराती,
एक गिलहरी रोज।
दानें खाती नाच दिखाती,
दिन भर करती मौज।
छत पर जाकर चिंटू - पिंटू,
करते उससे मेल।
अपने हाथ खिलाते बिस्किट,
देखें उसके खेल।
दो पंजों पर उछले - कूदे,
खूब हिलाती पूँछ।
थोड़ी आहट के होते ही,
झटपट करती कूँच।
धौली काली धारी वाली,
नरम मुलायम बाल ।
किट - किट दांत बजाकर बोले -
खेलो करो धमाल।

12

मुर्गा - मुर्गी

मुर्गा बोला - सुन ओ मुर्गी !
लंच में बनाया क्या ?
मुर्गी बोली - कूकड़ू कूं,
राशन पानी लाया क्या ?
मेरा मैसेज पढ़ा नहीं,
और कॉल भी नहीं उठाया।
किसके संग बातों में उलझा,
नया गुल तो नहीं खिलाया।
घर के सारे डिब्बे खाली,
आटा चावल दाल खत्म।
घर की मुर्गी शेष बची है,
कहो खुद पक जायें हम।
तौबा - तौबा मेरी तौबा,
गुस्सा थूको मुर्गी प्यारी।
अभी फोन करूँ बनिये को,
भेजेगा ताज़ा तरकारी।

आज टमाटो सूप पीयेंगे,
सलाद बनाकर खायेंगे।
कहीं शाम को चलें घूमने,
रिक्शा भर राशन लायेंगे।।

13

आजादी के नारों में

अमर शहीदों की कुर्बानी,
सूरज चांद सितारों में।
चरखा खादी और तिरंगा,
आजादी के नारों में।
अंग्रेजों के जुल्मों सितम से,
काँप गई भारत की धरती।
जलियांवाला बाग सुबकता,
रोते गाँव नगर औ बस्ती।
स्वदेशी के गूँजे नारे,
मौसम और बहारों में।
अमर शहीदों.....
दिल्ली चलो खून दो मुझको,
सुभाषचंद्र की थाती है।
आजाद हिन्द फौज के करतब,
सेना रोज दिखाती है।
जय हिंद उद्घोष है जिंदा,

जन मन ओज विचारों में।
अमर शहीदों.....
गांधी की आंधी के आगे,
चर्चिल की न एक चली।
भारत माता के जयकारे,
गूंज रहे थे गली - गली।
सबकी मन्नत हो गई पूरी,
वक्त के शीतल धारों में।
अमर शहीदों की कुर्बानी,
सूरज चांद सितारों में।।

14

जिंदगी एक दिया

ज़िन्दगी है इक दिया (दीया) तो है हमारी साँस बाती।
स्वस्थ रहकर ही चलेगा, श्वास का व्यापार साथी।
अल सुबह छोड़ दें हम ,
बिस्तर की नर्म अंगड़ाइयां।
सैर पर निकलें सवेरे,
भोर में गूंजती शहनाइयां।
योग, ध्यान, व्यायाम,बन जाये पहचान थाती।
ज़िन्दगी है इक दिया,तो हैं हमारी सांस बाती।
पौष्टिक आहार लेकर,
पीना हमको शुद्ध पानी।
ताज़ा फल और सब्जियां भी,
आती हर मौसम सुहानी।
स्वच्छता भी है जरूरी,नींद हमको थक सुलाती।
ज़िन्दगी है एक.....
तन में मन का वास होता
मृदुल उमंग-उल्लास होता।

सुविचारित कर्म अपना,
हर परीक्षा पास होता।
मन के जीते जीत लोगे, मंजिल तुमको है बुलाती।
ज़िन्दगी है इक......
हम बड़ों को मान दें तो,
खोल दें अनुभव-पिटारे।
राह भी आसान होगी,
चमकेगें बनकर सितारे।
वक्त के हर दौर में, संयम की लौ बुझ न पाती।
ज़िन्दगी है इक दिया

15

दीप जले

देहरी - देहरी जले दीप,
चिंहुक रहे मदमाते।
बच्चों के संग करें ठिठौली,
मन्द पवन से बातें।
दादी बाती बना रही हैं,
हौले से मुस्काती।
ओ ! मुन्ना के दादा देखो,
दीप सीप के नाती।
घर-आंगन, चौपाल-ओसारे,
जगमग दीप जले।
राहें रोशन मन आलोकित,
सुन्दर भाव पले।
झिलमिल करते दीप सुहाने,
चमके द्वारे-द्वारे ।
दीवाली की छटा निराली,
फूट रहे फव्वारे।

16

फूल खिले

उपवन कानन फूल खिले,
सरसों आंगन फूल खिले।
मन्द पवन झुलाती आई,
तितली गले लगाती आई।
रंग चुराती हौले-हौले,
फूलों के कानों में बोले।
भंवरें भी मिलने आते,
राग गुनन गुनन गाते।
देखो अमुआ भी बौराए,
भीनी गंध सभी को आए।
पंचम स्वर में कोयल गाती ,
फूलों के भी मन को भाती।
ठंडा मौसम हुआ सुहाना,
बैठ धूप में नानी - नाना।
बातें करते शाम ढले ,
उपवन कानन फूल खिले।

17

नदी

पर्वत निर्झर से जल लेकर,
कल-कल बहती नदिया रानी।
उठती-गिरती लहरें कहती,
प्यास बुझाओ पी लो पानी।
खड़े किनारे बता रहे हैं,
रुकना -थकना काम नहीं।
मन्द मंथर बहते जाना है,
जीवन में आराम नहीं।
धोबी घाट पर कपड़े धोता,
नाविक नौका को खेता।
क्यारी-क्यारी तेरा पानी,
फसलों को जीवन देता।
मछली उछलें कूदें तैरें,
पंछी आकर पीते पानी।
हाथी हिरन शेर बबर की,
तू सारे जंगल की नानी।।

18

बच्चे और बगीचे

बच्चों और बगीचों का है,
बहुत पुराना नाता।
फूलों पर मँडराती तितली,
सबको पास बुलाता।
पके फलों की भीनी खुशबू,
रह-रहकर ललचाती।
नाना जी ने बाग लगाये,
खाते हैं फल नाती।
माली काका बड़े जतन से,
करते हैं रखवाली।
मेड़ बनाकर पानी देते,
महके हर इक डाली।
बच्चा टोली शोर मचाती,
जब बागों में आये।
खटपट झटपट चढ़े पेड़ पर,
हरसूँ खुशियाँ पाये।

तेज हवा आँधी के चलते,
टपटप फल गिर जाते।
सोनू सलमा राधे बंटी,
लपक-लपक कर खाते।

19

आम तेरे कितने नाम

बाजारों में उमड़ पड़े हैं
खट्टे - मीठे आम रसीले।
ठेला - रेहड़ी सजे - धजे,
मोटे - छोटे हरे औ पीले।
चौसा लगड़ा आम दशहरी,
रत्ना, तोतापरी, बम्बइया।
कलमी, देसी और मालदा,
घर लाते भाभी - भैया।
चूस चूसकर सब खाते,
बच्चे बूढ़े और जवान।
कितने तुमको नाम गिनाऊँ,
चटनी के भी आते काम।
पना पीकर लू भागे,
मैंगो शेक लगे मीठा।
गुद्दा फालूदा गुणकारी,
आम बिना जग फीका।

20

चिड़िया रानी

चीं चीं करती ओ चिड़िया !
दिन भर शोर मचाती हो।
दाना दुनका चुगते-चुगते,
किसको पास बुलाती हो।
गर्दन उठा उचककर देखा ,
फिर हौले से हरषाई।
छोटे-छोटे पंख खोलकर,
झटपट सरपट दौड़ लगाई।
देख रही है चित्रा रानी ,
उसको आते-जाते।
नन्हीं चोच खोलकर बच्चे,
थोड़ा दाना खाते।
गर्दन हिला-हिलाकर मानो,
वह चित्रा को बतलाती।
चीं चीं भरा दिलासा देकर,
इन बच्चों को बहलाती।

21

माँ का आंचल

माँ शब्द में अपनेपन की छुअन,
अनुभूति और विश्वास है।
उंगलियों में भरा स्वाद और,
हथेलियों में सुखद एहसास है।
माँ की थकी - सी पलकों में,
कोई स्वप्न नहीं ठहरता है ।
खुली-बन्द सब आँखों में,
बच्चों का भविष्य तैरता है।
माँ का हृदय ममता- करुणा,
और दया का सागर है।
माँ की वाणी में सुमंगल,
औ बातों में मधुरस की गागर है।
माँ तो माँ है उसकी महिमा में,
हर शब्द लघुत्तर है, बौना है।
माँ का लहराता आंचल,
मानो नीलगगन का कोना है।

माँ है, तो दुनिया की हर खुशी,
को पाने की अभिलाषा है।
माँ साहस और संबल है,
आशा, उमंग व दिलासा है।

22

साइकिल

कभी न थकती कभी न रुकती,
टनटनाटन बजती घण्टी।
एक इशारे पर चल देती,
खूब घुमाते सोनू-शंटी।
बच्चे करते रेलमपेल,
नहीं चाहिए बिजली तेल।
राह मार्ग अरु पगडंडी पर,
पैंडल मारे करते खेल।
राधे नटखट रौब जमाता,
एक पहिये पर इसे नचाता।
चीनू - बीनू रेस लगाते,
अर्नव नये करतब दिखलाता।
साइकिल गज़ब सवारी,
इको फ्रेंड हमारी है।
जब-जब चक्का जाम रहे,
करती मदद हमारी है।।

23

अपनी हिन्दी गूँजेगी

हम भारत की गौरव गाथा,
मुक्त कंठ से गायेंगे।
हिन्दी को सम्मान दिलाकर,
जीवन सफल बनायेंगे।
पर्वत घाटी मैदानों में,
कच्छ कछार पठारों में।
अपनी हिन्दी अब गूँजेगी,
सागर की जलधारों में।
सबसे मिलकर सबकी सुनकर,
हिन्दी का महत्व बतायेंगे।
हिन्दी को सम्मान....
अनमोल धरोहर आजादी की,
अभिव्यक्ति चरखा खादी की।
भारत की पहचान भारती,
तिलक गोखले और गाँधी की।
इसकी महिमा इसकी गरिमा,

घूम-घूमकर गायेंगे।
हिन्दी को सम्मान....
जनमन की अभिलाषा हिन्दी,
सपनो की परिभाषा हिन्दी।
एक सूत्र में बाँधें सबको,
भारत माँ के भाल की बिन्दी।
ढोलक ढपली और मंजीरे,
हिन्दी का शंख बजायेंगे।
हिन्दी को सम्मान दिलाकर,
जीवन सफल बनायेंगे ।।

24

अच्छाई है पास

मात-पिता सबसे अच्छे हैं,
गुरु ज्ञान के दाता।
इनसे सदा जोड़कर रखना ,
जग में अपना नाता।
मिला समय भी होता अच्छा,
हर पल हो उपयोगी।
सुबह सवेरे जगने वाले ,
रहते सदा निरोगी।
संगत से रंगत होती है,
सोच-समझकर करना।
जीवन पथ के चौराहों पर ,
संभल-संभलकर चलना।
अवसर तो मीठे फल जैसा ,
चाहो तुरन्त लपकना ।
आगत का स्वागत हो प्यारे ,
वरना पड़े भटकना।

अमृतवाणी मधुरिम वाणी ,
सहज भाव सुख दाती।
सुनने वाला हर्षित होता,
मिश्री - सी घुल जाती।
इतना कुछ है पास हमारे,
फिर क्यों रहो उदास ?
चंदा जैसी चटक चांदनी ,
अच्छाई है पास।।

25

बादल सजे - धजे

आसमान में आये देखो,
बादल सजे-धजे ।
पुरवाई ने ली अंगड़ाई।
नदिया के अरमान जगे।
टप-टप बूंदें झमझम बारिश,
बिजली रूप दिखाती।
निकल पड़ी बच्चों की टोली,
मुस्काती - हर्षाती ।
टर्र टर्र संगीत सुहाना,
तालाबों में गूंज रहा।
पुलक-पुलक धरती का आंचल,
मानो खुश हो झूम रहा।
काले धौले और कपासे ,
हर पल रूप नये ।
आसमान में आये देखो ,
बादल सजे-धजे।।

26

बारिश के मजे

आसमान में घिरी घटाएं,
गर्म हवा ने ठण्डक पाई।
उमस,पसीने से राहत है,
मौसम भी लेता अंगड़ाई।
झमझमाझम आई बारिश,
सौंधी गंध ज़मीं से आई।
घर के बाहर भागे बच्चे,
तरु पात पर शहनाई।
ताल-तलैया नद-नाले ,
उछलकूद सभी को भाई।
गांव नगर में झूम-झूमकर,
भीग रहे हैं बाल कन्हाई।
आ छी आ छी करते आये,
मस्त फुहारों के शैदाई।
गरमागरम पकौड़ो के संग,
झट अम्मा ने चाय पिलाई।

27

टमाटर

लाल टमाटर लाल हुआ
देखो नया कमाल हुआ।
थाली से एकदम गायब,
फिर भी मालामाल हुआ।
बच्चों ! नई पहेली है,
बाजारों की सच्चाई।
देसी हरा टमाटर भी,
लेने में शामत आई।
सब्जी में खट्टेपन का ,
कैरी स्वाद बनाये तो।
अमचूर भी होता खट्टा ,
जनमन को भाये तो।
कुछ दिन दूरी रखने पर,
बदलेंगे हालात सभी ।
नखरा भी ढीला होगा ,
बन जायेगी बात कभी।

www.ingramcontent.com/pod-product-compliance
Lightning Source LLC
LaVergne TN
LVHW082234051026
849532LV00012B/3985
* 9 7 8 9 3 7 0 4 9 2 7 5 2 *